Weihnachtsgeschichten

aus Unna Königsborn

für die ganze Familie

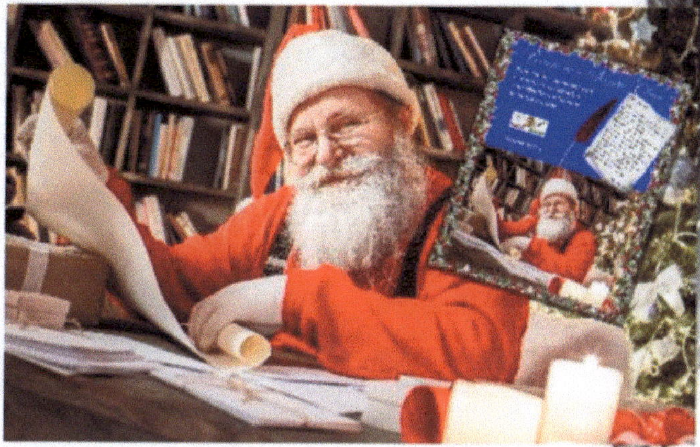

Frohe Weihnachten

Euer Santa Claus

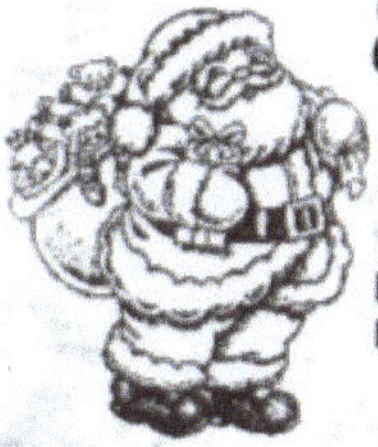

Renate & Uwe H. Sültz
Bücher von A bis Z

BoD - Books on Demand
Norderstedt 2020

Bibliografische Information durch die Deutsche Nationalbibliothek
Die Deutsche Nationalbibliothek verzeichnet diese Publikation in der
Deutschen Nationalbibliografie; detaillierte bibliografische Daten
sind im Internet über http://dnb.dnb.de abrufbar.

Ebenfalls ab sofort erhältlich:

© Renate & Uwe H. Sültz - Königsborn
Herstellung und Verlag:
BoD – Books on Demand, Norderstedt
ISBN 9-78373-4-76486-8

Inhalt:

Seite 5: Vorlesegeschichte für Kinder ab 6 Jahren: Der Weihnachtswunsch

Seite 8: Vorlesegeschichte für Kinder ab 6 Jahren: Spuren im Sand

Seite 11: Heiligabend

- Wie das Christkind die Geschenke bringt

Seite 29: Mein Weihnachten

- Heiligabend
- Der erste Weihnachtstag

Seite 35: Bilder der Friedenskrippe

In der Friedenskrippe leben alle Menschen und Tiere in Frieden miteinander und erwarten mit großer Freude das Jesuskind

Seite 58: Gedicht – Jetzt ist Weihnachten

Seite 60: Heiligabend im Herrenhaus in Bad Königsborn

Seite 64: Gedicht – Endlich Weihnachten

Seite 66: Vorlesegeschichte für Kinder ab 6 Jahren:

Fitus, der Kobold, und der Seemann

Seite 70: Santa Claus schreibt lieben Kindern

Seite 96: Gedichte vom Weihnachtsmann

Der Weihnachtswunsch

Frau Harmelau schaut jeden Tag aus ihrem Fenster im Pflegeheim. „Ach, wenn doch nur einmal meine Enkelkinder vorbeikommen würden. Ich habe sie doch so gerne.", seufzt die Kapitänswitwe. Frau Lise Harmelau wird bald 90 Jahre. Ihre Enkelkinder hat Frau Harmelau schon viele Jahre nicht gesehen. Britta und Torben waren 3 und 5 Jahre alt. Dann starben bei einem Autounfall Mami und Papi. Da war Frau Harmelau bereits 82 Jahre und lebte bereits im Pflegeheim. Das ist jetzt 8 Jahre her und die Enkelkinder sind nun 11 und 13 Jahre. Sie verloren sich alle aus den Augen. Fitus, unser Sylter Strandkobold, besucht regelmäßig die älteren Herrschaften im Pflegeheim. Leider konnte er Britta und Torben nie ausfindig machen. Sie kamen damals zu Pflegeeltern. Vielleicht leben sie heute auf dem Festland. Eigentlich besucht Fitus alle Tiere der Bewohner im Pflegeheim, aber Frau Harmelau kann Fitus auch sehen. Das liegt daran, dass damals Kapitän Fritz Harmelau vor Sylt mit seinem Schiff in einen Sturm geriet. Fitus übernahm das Steuerruder und brachte das Schiff sicher in den Hafen. Da Kapitän Hamelaus Frau schwanger war, wollte er schnell nach

Hause. Die Mannschaft reparierte das Schiff. Aber der Kapitän hatte eine Kopfverletzung und sah nur auf einem Auge etwas. Fitus nahm ihn an die Hand und führte ihn nach Keitum zu seiner Frau. „Schau Lise, dieser Seemann hat mich geführt und auch das Schiff gerettet.", sagte erschöpft der Kapitän. Lise schaute, aber sah nur ihren verletzten Ehemann. Als der Kapitän wieder gesund war, erzählte er seiner Frau Lise alles ganz genau. „Dann will ich auch mal an den Seemann glauben, aber damals war da niemand.", sagte Lise Harmelau. Die Zeit verging und immer wieder sprach Lise mit dem Seemann Fitus, auch wenn sie ihn nicht sah. „Ach, lieber Seemann Fitus, nun ist mein Mann lange tot, nur meine Enkel leben noch irgendwo. Kannst du mir helfen?"

In Bremen begannen die Weihnachtsferien. Familie Krüger fuhr mit den Kindern auf die Insel Sylt und besucht immer gern die kleinen, aber feinen, Weihnachtsmärkte in Tinnum und Hörnum. Auch das Pflegeheim macht mit den Bewohnern einen Ausflug dorthin. Die Insel ist in der Weihnachtszeit herrlich geschmückt. Fitus erfreut dies in jedem Jahr. Er schaut sich gerade den riesigen Weihnachtsbaum vor dem Bahnhof an, als seine Ohren ganz hellhörig wurden.

„Britta! Torben! Beeilt euch, wir müssen den Bus nach Tinnum bekommen.", rief Frau Krüger. Das waren doch die Namen, die Frau Harmelau immer erwähnte. Das Alter könnte stimmen. „Du, Torben. Unsere Oma lebt hier auf der Insel. Ob sie noch lebt?", fragte Britta. Nun war sich Fitus sicher, das sind die Enkel von Frau Harmelau. Schnell lief Fitus zum Pflegeheim. Er öffnete die Tür zu Frau Harmelaus Zimmer und nahm sie an die Hand. „Nanu, wer zieht mich denn so?", fragte Frau Harmelau. Da sie gerade gebetet hat und an ihren Ehemann dachte, vermutete sie, dass Seemann Fitus nun bei ihr sei. Schnell stieg sie mit zu den anderen Mitbewohnern in den Bus, der nach Tinnum fährt. Nun stand sie auf dem Weihnachtsmarkt und schaute sich die herrlichen Strickmützen an. Plötzlich rief ein Junge: „Britta, schau' dir diese Bommelmützen an. Sind die lustig." „Warte Torben, ich komme!", rief das Mädchen. Frau Harmelau hörte wohl nicht richtig. Ganz zittrig holte sie ein Kinderbild aus ihrer Tasche, natürlich von ihren Enkeln Britta und Torben. Sie waren es wirklich. Frau Harmelau war überglücklich, auch Britta und Torben. Von nun an werden sie sich nie wieder aus den Augen verlieren. Frohe Weihnachten!

Spuren im Sand

Morgen ist der 6. Dezember, also Nikolaus. Fitus, unser Sylter Strandkobold, läuft von List nach Westerland, um zu sehen, ob alles seine Ordnung hat oder Hilfe benötigt wird. „Oh, hier im Sand liegt aber eine schöne Puppe. Und dort ein rotes Spielzeugauto!", bemerkt Fitus. Je weiter Fitus am Strand entlang läuft, umso mehr Spielsachen findet er. Jetzt legt er einen Zahn zu und rennt ganz schnell in Richtung Westerland. Da hinten, noch weit entfernt, sieht er den Nikolaus. Er trägt einen großen Sack auf dem Rücken. „Moin, lieber Nikolaus!", ruft Fitus. „Du hast ein großes Loch in deinem Geschenkesack und verlierst schon viele Kilometer Spielsachen." Der Nikolaus sagt: „Oh, das ist mir überhaupt nicht aufgefallen." Ja, liebe Kinder, wenn ihr euch fragt, wie der Nikolaus an alle Kinder am 6. Dezember denken kann und für jedes Kind Spielzeug im großen Sack verstauen kann, dann sei gesagt, dass sich der Sack immer wieder automatisch auffüllt. Der Nikolaus hat also immer etwas für jedes Kind dabei.

„Jetzt kann ich gar nicht zurücklaufen, um alles wieder einzusammeln, was mache ich denn jetzt, lieber Fitus?", seufzte der Nikolaus. „Ich habe da eine Idee, lieber Nikolaus. Ich mache das schon.", rief Fitus. Da vor zwei Tagen ein starker Sturm über die Insel fegte, konnte eine Schulklasse nicht aus der Jugendherberge in List abreisen. Es war die fünfte Klasse aus Hannover. „Morgen ist Nikolaus.", sagte Lehrerin Frau Mücke. „Ach, ich glaube schon lange nicht mehr an den Nikolaus.", rief der Schüler Sven. „Ich schon!", erwiderte Schülerin Anna. Fast alle stimmten Anna zu. Fitus wusste, dass die Schüler nicht abreisen konnten und hörte das Gespräch.

Am 6. Dezember schlich sich Fitus zu Anna. Es war 6 Uhr am Morgen. „Anna, wache bitte auf.", flüsterte Fitus. „Oh, dass ich dich einmal sehen würde. Ich freue mich so.", sagte Anna ganz verschlafen. „Heute ist Nikolaus. Gehe nach dem Frühstück mit deinen Klassenkameradinnen und Kameraden an den Strand. Ich glaube der Nikolaus war dort.", sagte Fitus weiter.

Um 7 Uhr 30 wurde in der Jugendherberge gefrühstückt. Danach fragte Lehrerin Frau Mücke die Kinder, worauf sie heute Lust hätten. „Ich möchte zum Strand, denn dort war der Nikolaus.", rief Anna. „Der Nikolaus. Wer hat dir denn den Floh ins Ohr gesetzt?", fragte Sven. „Das war der Sylter Strandkobold Fitus!", rief Anna. Alle lachten. „Gut, dann gehen wir einmal zum Strand.", sagte Lehrerin Frau Mücke. Eigentlich sagte sie das eher deswegen, um ihre Ruhe zu haben, denn sie musste sich schließlich noch um die Rückreise kümmern.

Am Strand angekommen, sahen die Schüler die vielen Spielsachen. „Das gibt es doch gar nicht!", rief Sven. „Ja, der Nikolaus eben.", lachte Anna. „Jetzt weiß ich, dass es den Nikolaus gibt.", sagte Sven kleinlaut. Für jedes Kind war etwas dabei, als wenn der Nikolaus alles schon wusste.

HEILIGABEND-ERINNERUNGEN

Seit einigen Jahren sitze ich nun immer an Heiligabend auf Opas Lehnsessel. Es ist ein riesiger Ledersessel, eigentlich sitze ich nicht auf dem Sessel, sondern in dem Sessel. Er ist recht durchgesessen und ich versinke tief in ihm. Dazu umschlingen mich regelrecht seine großen Ohren.

Heute ist schulfrei und da Vater noch zur Arbeit muss, genieße ich den Augenblick hier im großen Ohrensessel. So gern erinnere ich mich an die Zeit, als Opa in ihm saß und seine Weihnachtsgeschichten erzählte. Ich saß dann immer auf seinem Schoß, während Oma für uns das Frühstück vorbereitete. Mutter war zum Einkaufen in die Stadt gefahren. So Allerlei schien noch zu fehlen, um den Heiligabend und die Weihnachtstage überleben zu können. So zumindest meinte es Opa immer. „Denke bitte noch an Mayonnaise für den Kartoffelsalat. Und du weißt doch noch, das vom Christkind.", rief Oma meiner Mutter nach. „Was meint denn Oma damit?", fragte ich Opa. „Nun, auch das Christkind isst gern Kartoffelsalat mit Würstchen.", antwortete Opa. Schnell erzählte Opa weiter und so musste

ich mich mit der Antwort zufriedengeben. „Als ich ein Kind war, da gab es auch Kartoffelsalat und Würstchen. Die Kartoffeln erntete meine Mutter in unserem Garten."
„Hattest du keine Schaukel oder eine Rutsche im Garten?", fragte ich Opa. „Eine Schaukel hatte ich. Wir hatten im Hof eine Teppichstange. Dort wurden die Teppiche geklopft um sie zu säubern. Daran befestigte mein Vater eine Schaukel. Es waren zwei Seile und ein Holzbrett. Das Holzbrett hatte mein Opa gesägt. Mit Schmirgelpapier hatte er dann Kanten und Flächen gerundet, damit ich keinen Holzsplitter in den Po bekam.", antwortete der Opa. „Hi, hi! Das ist ja lustig!", sagte ich. Opa erzählte weiter: „Und im Rest des Gartens wurden noch Obst und Gemüse angebaut. Es gab Stachelbeeren, Birnen, Kürbisse und noch viel mehr. Und als es dann auf Heiligabend zuging, da holte mein Vater, also dein Uropa, die Krippenfiguren vom Dachboden herunter. Dazu gab es noch eine richtige Krippenstadt. Dein Ur-Uropa konnte noch gut schnitzen. Und da es hauptsächlich immer nur die heiligen drei Könige, Maria, Josef und das Christuskind gab, schnitzte dein Ur-Uropa noch viele weitere Figuren. Da gab es den Schmied mit dem schweren Hammer in der Hand, die Melkerin und die fröhlichen Kinder. Und

wenn du zehn Jahre bist, dann schenke ich dir die Krippenstadt mit allen Figuren." Darauf freute ich mich damals schon riesig. Und heute macht Oma immer noch Marmeladenbrote für mich. „Bleibe in Opas Ohrensessel sitzen.", ruft sie gerade und bringt mir ein leckeres Brot mit Quark und Erdbeermarmelade. „Wenn deine Mutter vom Einkaufen zurückkommt und dein Papa von der Arbeit, dann hole ich die große Krippe aus meinem Zimmer.", sagt Oma. „Oma, ich bin schon zehn Jahre!" „Ich weiß, mein Junge. Ich weiß auch, was dir Opa versprochen hat, als er noch lebte. Ja, ich weiß es. Hilfst du mir denn nachher?" „Na klar!"

Ich erinnere mich, dass Opa damals die Krippe auf dem Dachboden aufbewahrt hatte. Der Dachboden war nur von außen mit einer Leiter erreichbar. Es war ein sehr altes Fachwerkhaus mit einem großen Garten. Im Vorgarten pflanzte Oma Rosen an, in allen Farben. Wenn Oma und Opa dann endlich alles ins Wohnzimmer getragen haben, wurde nun alles kontrolliert. Josef fehlte ein Bein, genauso einem Schaf. König Melchior ist eine Hand abhandengekommen. Oma rief: „Und was ist mit dem Jesuskind?" „Das ist unversehrt, du hast es im Januar schließlich in Watte gepackt.", sagte Opa. Ich durfte nun dabei sein, wie Opa die abgebrochenen Teile mit Leim sorgfältig angeklebte. Manchmal konnte ich alten Leim an den abgebrochenen Teilen erkennen. „Ja, dein Vater hat schon mit seinem Opa einiges ankleben müssen. Man kann noch so vorsichtig sein. Hier oder dort stößt man an, und ab ist es.", sagte Opa. „Nein Opa, wenn ich es einmal bekomme, dann gehe ich noch vorsichtiger damit um. Mir passiert das nie!", entgegnete ich. „Na, wir werden es sehen, mein Junge.", sagte Opa und lachte dabei. Und so begann Opa mit den Klebearbeiten. Ich durfte die Teile halten. Zuerst schmiergelte Opa vorsichtig den alten Leim ab und raute die Holzstellen an. Jetzt kam ein Tropfen Leim darauf und Opa drückte beide Teile zusammen. Jetzt hatte König Melchior wieder eine Hand und konnte seine Kostbarkeiten für das Jesuskind tragen. Nun ging es mit den anderen Figuren weiter. Auch die Krippe überprüfte Opa und klebte hier und dort ein wenig. Gern war ich immer dabei, denn es roch schon herrlich nach Weihnachten. Das lag daran, dass die Krippe unter dem Weihnachtsbaum stand und Tannennadeln darauf fielen. Auch das Holz roch wie ein Wald. Ich bin ganz gespannt wie es zu diesem Weihnachtsfest riecht? Wenn damals dann alles fertig war, trug Opa die Krippe und die Figuren zu uns. Er hatte es nicht weit, denn meine Eltern bauten gegenüber von Oma und Opa ein Haus. „Als ich Kind war", sagte Opa, „da stand die Krippe im Wohnzimmer unter dem Weihnachtsbaum, dort wo der Fernseher jetzt steht." „Mmmh, wo stand denn da euer Fernseher?", fragte ich. Opa darauf: „Nein, mein Junge, einen Fernseher hatten wir damals noch nicht. Einen Fernseher bekamen deine Uroma und dein Uropa erst später vom Christkind geschenkt." Ich staunte: „Das Christkind musste dann aber ganz schön schleppen!" Opa baute dann auch den Christbaum bei meinen Eltern auf. Oft schimpfte er dabei, denn er spitzte den Baum unten an und das Beil war wieder nicht scharf genug. Dann durfte ich im Schuppen den Schleifstein drehen. Aber zuerst gab Opa mir eine Schutzbrille, denn es flogen viele Funken. Wenn der Baum dann endlich stand, bauten Opa und ich darunter die Krippe auf. Ja, daran erinnere ich mich gern.

Nun ist Opa seit drei Jahren nicht mehr bei uns. Oma ist zu uns gezogen und wohnt nun im Souterrain, dort steht auch die Krippe. Das alte Fachwerkhaus wurde nach Opas Tod verkauft. Heute ist dort eine riesige Baustelle.

Ein neues Haus mit Schwimmbecken wird dort gebaut. Hin und wieder finde ich auf der Baustelle noch einen Strauch mit Stachelbeeren, auch einen Kürbis habe ich noch gefunden. Den konnte ich aber nicht tragen, das hat Vater dann getan. Oma bereitete daraus eine leckere Marmelade zu. Trotzdem sind alle sehr traurig, dass es Opa und das Fachwerkhaus mit dem Garten nicht mehr gibt. Oma hat mir aber erklärt wo Opa heute ist, öfter spreche ich mit ihm, er hört mich ganz bestimmt.

Mutter und Vater kommen gerade gemeinsam nach Hause. Mit großen Tüten in den Händen rufen sie: „Hallo, wir sind wieder da!" Scheinbar würden wir ohne den Einkauf bis nach Weihnachten nicht überleben können, genauso wie Opa es früher sagte. Nun, heute weiß ich natürlich Bescheid, mit den Geschenken und so, werde es aber nicht sagen. Nachher liege ich doch nicht richtig.

Mutter und Oma verabreden sich gerade in der Küche. Vater zieht sich um und ruft: „Gleich wollen wir den Weihnachtsbaum einstielen, mein Junge!" Und los geht es. Heute bin ich ganz schön im Stress, denn auch Oma benötigt gleich noch meine Hilfe bei dem Aufbau der Krippe.

Jetzt geht es aber zuerst mit dem Vater in den Garten. Der Baum ist fast zwei Meter hoch. Vater legt ihn auf die Seite und probiert den Christbaumständer aus. „Passt nicht. Etwas müssen wir den Baum mit der Axt bearbeiten.", murmelte er. Opas Schuppen wurde bei uns im Garten neu aufgebaut. Er wurde in einem grün frisch gestrichen. Vater holte die Axt heraus und begann den Baum zu bearbeiten. „Die Axt ist ja gar nicht scharf genug.", ärgerte sich Vater. Irgendwie kam mir das bekannt vor. Also drehe ich wieder den Schleifstein und setze wie automatisch die Schutzbrille auf. Vater staunt fragend: „Hast du das schon öfter gemacht?" „Na klar, bei Opa, denn gleich fliegen die Funken.", sage ich stolz. Vater grinst und streichelt meine Schulter. Los geht es. Und wieder fliegen die Funken. Auf Anhieb passt der Baum in den Ständer. Vater ging mit dem schweren Teil voran und ich trug an der Spitze. In der Zwischenzeit hat Mutter die Stelle vorbereitet, wo der Weihnachtsbaum zu stehen kommt. Sie war aber schon wieder in der Küche und hilft Oma. „So, der Baum steht. Wer schmückt denn gleich?", fragt der Vater. Im gleichen Augenblick ruft Oma: „Ich brauche Hilfe bei der Krippe!"

Mutter kommt aus der Küche und sagt: „Gehe ruhig zu Oma, ich schmücke mit Papa den Baum." „Aber lasst mir etwas übrig!", rufe ich.

Die Krippe steht auf Omas Schrank. Vorsichtig heben wir sie herunter. Zuerst stellen wir sie auf Omas Bett und packen sie aus. Wir stellen nun zwei Stühle vor das Bett und schauten uns alle Teile gut an. „Oh wie ärgerlich, hier ist ein Bein abgebrochen. Und dort ein Ohr vom Esel. Oh nein, jetzt hat die Kuh den Schwanz verloren.", sagte Oma traurig. Ich tröstete Oma: „Oma, das kann schon mal passieren. Ich hole schnell Leim und Schmirgelpapier aus dem Schuppen und dann reparieren wir alles. So wie früher mit Opa." Oma weinte. Ich lief schnell los. Ich kenne ja die Arbeiten. Zuerst schmirgele ich den alten Leim ab, dann werden die Stellen aufgeraut. Jetzt einen Tropfen Leim aufbringen und die Teile zusammendrücken. Oma ist begeistert und drückt mich. Jetzt muss alles noch trocknen. In der Zwischenzeit helfe ich Mutter und Vater beim Aufhängen der Kugeln. Der Weihnachtsbaum ist ganz toll geschmückt. Vater trägt nun die Krippe ins Wohnzimmer und ich trage die Figuren. Es ist noch etwas Zeit bis zum Heiligabend. Bei uns beginnt der

Heiligabend immer mit einem Essen um 18 Uhr. Bis dahin legt Oma sich etwas in ihr Bett. Ich bin zu aufgeregt dafür und spiele in meinem Zimmer. Was Mutter und Vater gerade machen, dass weiß ich jetzt nicht.

Pünktlich um 18 Uhr läutet die kleine Weihnachtsglocke von Oma. Früher ging ich ja mit Opa und Oma in den Nachmittagsgottesdienst, heute darf ich zum ersten Mal in die Mitternachtsmette. Aber jetzt ist erst einmal Heiligabend eingeläutet und ich laufe gespannt ins Wohnzimmer.

Ich bin der Erste, Mutter, Vater und Oma folgen. Der Weihnachtsbaum ist hell erleuchtet. Sollte ich mich mit den Geschenken doch geirrt haben? Ich sehe viele bunt geschmückte Geschenke. Welches ist wohl für mich?

„Kommt ihr bitte zum Essen!", ruft die Mutter. Zuerst wird gebetet. Das ist jedes Jahr so. Ich sollte eigentlich viel öfter beten. Vielleicht kann Opa im Himmel ja ein gutes Wort beim lieben Gott für mich einlegen.

Ich habe eine ganze Wurst gegessen und drei Löffel Kartoffelsalat. Nun ja, ich habe heute auch viel zu tun gehabt. Ich war beim Baumeinstielen dabei… beim Schleifen der Axt und habe die Krippenfiguren geklebt. Jetzt freue ich mich auf ein Geschenk vom Christkind. Der Vater legt eine Schallplatte mit Weihnachtsmusik auf. Jedes Paket trägt einen Namen. Ich habe mir so sehr einen Elektronik-Baukasten gewünscht. Tatsächlich habe ich ihn bekommen. Zwei weitere Geschenke sind auch noch für mich. Und auf einem Umschlag steht mein Name. Ich bin ja so gespannt. Jetzt sitzen wir im Wohnzimmer, Vater hat gerade neue Bienenwachskerzen angezündet und ich öffne den Brief. „Mein lieber Enkel. Wenn Du diesen Brief liest, dann bin ich schon im Himmel. Ich sehe Dich wie fleißig Du bist. Frohe Weihnachten wünsche ich Dir, Oma, Mutter und Vater. Du bist nun Zehn Jahre. Jetzt schenke ich Dir die Krippe und die Figuren. Du bist nun mein Nachfolger. Es grüßt und umarmt Dich, Dein Opa im Himmel. Ich liebe euch." Mit einem schweren Kloss in der Stimme konnte ich den Brief lesen. Wir nahmen uns alle in die Arme und weinten. Um Mitternacht freue ich mich nun auf die Christmette, um zu beten und mich bei Opa zu bedanken.

Viele Jahre später...

Es sitzt sich gut in Opas Ohrensessel. Das Aufpolstern hat viel gebracht. Auch die Aufarbeitung des alten Leders ist ein Erfolg. Das habe ich mir als Weihnachtsgeschenk bereitet. Den Baum habe ich auch schon, nun kann ich etwas im Ohrensessel verbleiben, bis meine Frau vom Einkaufen zurückkommt. Immer noch erinnere ich mich gern an die gute alte Zeit zurück. Wo das Haus der Großeltern stand, steht nun ein herrliches Haus mit Doppelgarage. Es gefällt mir schon recht gut. Auch der Swimmingpool im Garten. Gemüseanbau gibt es nun nicht mehr. Und trotzdem erkenne ich von unserer Küche aus, dass zwischen den Grundstücken ein kleiner wilder Stachelbeerstrauch wächst. Hoffentlich kann er lange überleben.

Oma ist nun vor zwei Jahren von uns gegangen. Sie hat, Gott sei Dank, die Geburten ihrer Enkelkinder miterleben dürfen. Mein großer Sohn ist jetzt acht Jahre, die Tochter ist sechs.

„Hi, wir sind wieder da!", ruft der Sohn und setzt sich auf meinen Schoß. „Wann wollen wir den Baum aufstellen?", fragt er. Im gleichen Augenblick macht sich sein Smartphone bemerkbar. „Ach, ich will mich nachher noch mit Mike treffen, also lass' uns Starten!" Tja, wie sich die Welt so ändert. Zu Großvaters-Zeiten gab es Namen wie Karl und Heinrich, als mein Vater jung war, war der Name Peter und Thorsten modern. Zu meiner Zeit gab es den Namen Dennis und heute sind Mike und Linus angesagt. Noch schwieriger sind heute die Mädchennamen. Aber alle Namen kommen mit der Zeit wieder zurück. Nun, wenn ich mir einmal eine Schwiegertochter wünsche, dann hoffentlich nicht Chantale, Yvonne oder Nicole. Aber wo die Liebe eben hinfällt. Auch war es noch zu meiner Zeit eine wichtige und heilige Zeit an Heiligabend zu Hause zu sein, sowie die Eltern zu beobachten, wer nun wirklich die Geschenke bringt. Ich denke, dass in diesem Jahr die Kinder noch einmal, vielleicht zum letzten Mal, vom Weihnachtsmann und dem Christkind besucht werden. In den letzten Jahren half der Nachbar aus und stieg ins Kostüm. Nun hat er Rücken. Vielleicht irre ich mich auch und der Glaube ist stärker. Ich würde es mir wünschen, denn es hat sich schon genug auf dieser Welt zum Nichtguten geändert. Daher sollte die Familie das Heiligste sein und für immer bleiben. Weihnachten und

Ostern müssten vom Ursprung her wieder in den Vordergrund gestellt werden.

So, jetzt starten wir in den Garten. Der Christbaum ist sehr gut gewachsen. Ich suche zunächst einmal die Axt. „Im Sommer werden wir mal den Schuppen aufräumen und neu streichen.", sage ich zum Sohn. „Vielleicht in rot?", antwortet er. „Ja, warum nicht?" Die Axt ist gefunden. Erstaunlicher Weise ist sie sogar noch scharf. Obwohl ich gern den neuen elektrischen Schleifstein probiert hätte. „So, fertig, es passt. Trage du hinten an der Spitze, Sohn." Als wir im Wohnzimmer waren, bemerkte ich, dass ich den Baum allein getragen habe. Mein Sohn schrieb während des Gehens eine SMS an seinen Schulfreund. Der Baum steht da, wo jedes Jahr der Christbaum steht. Da hat sich nichts geändert. Und es ist auch derselbe Christbaumschmuck, ganz so wie in der guten alten Zeit.

Die Mutter bereitet in der Küche das Essen vor. Traditionsgemäß gibt es Kartoffelsalat und Würstchen. Mutter und Tochter schälen Kartoffeln, vermischen alles und schmecken ab. Wobei zu sagen wäre, dass die Tochter eher fürs Abschmecken zuständig ist.

Nachdem der Sohn 8 Kugeln dicht nebeneinander an den Baum gehängt und alle 12 Kerzenhalter auf den unteren Zweigen verteilt hat, riet ich ihm dann doch, dass er noch seinen Freund Mike besuchen solle, aber auch, dass er um 17 Uhr wieder zu Hause sein muss. Der Baum sieht nun wirklich verunstaltet aus, wenn er nicht mit Hingabe geschmückt wird. Ich hörte dann nur noch die Haustür ins Schloss fallen.

Mit einer weihnachtlichen Musik will ich mir den Baum dann doch noch einmal vornehmen. Zunächst musste ich auf der riesigen Festplatte die Weihnachtsmusik suchen. Im Ständer standen auch noch CDs. Wie von Geisterhand öffnete sich das untere Schrankfach in dem so allerlei Gerümpel verstaut ist. Schleifen und kleine Osterhäschen, aber auch Eisbecher und Strohhalme finden hier ein zu Hause. Aber auch ein paar Weihnachtsschallplatten rutschten mir entgegen. Im Fach darüber steht eine ältere Musikanlage mit Schallplattenspieler und sogar noch mit Cassetten-Recorder. Damals war die Musikanlage hochmodern, denn sie besaß schon einen USB-Anschluss.

Ich schalte die Festplatte aus und lege eine Schallplatte auf, um in Stimmung zu kommen. Karl-Heinrich Waggerl erzählt jetzt seine Weihnachtsgeschichte, dazu singen die Wiener-Sängerknaben. Nun, die Kugeln können doch noch etwas warten, ich setze mich in den Ohrensessel und lausche den Künstlern. Damals haben meine Eltern mit mir das Karl-Heinrich Waggerl-Museum in Wagrain in Österreich besucht. Ich glaube, diese Schallplatten waren schon im Besitz meiner Urgroßeltern. Sie wurden dann immer weitergereicht. Meine Großeltern hörten sie auf jeden Fall jeden Heiligabend. Und da ich diesen Wohnzimmerschrank von meinen Eltern übernommen habe, sind die Schallplatten nun in meinem Besitz. Ob ich die Kinder damit wohl auch begeistern kann? Gewiss nicht! Ich schaue aufmerksam auf den Tonarm, wie sich die Nadel Umdrehung für Umdrehung vorarbeitet. Dabei bemerke ich nicht, wie ich in meinen Gedanken versinke.

„Klack" macht es und der Tonarm geht in seine Ausgangsstellung. Habe ich gedöst? „Papa, sieh mal, wir sind fertig!", ruft meine Tochter. „Mit dem Kartoffelsalat?", frage ich. „Nein", sagt meine Frau, „mit dem

Baumschmücken!" Ich schämte mich. Aber der Baum ist nun zu einem stolzen Christbaum geworden. In diesem Augenblick schellte es an der Haustür. „Oma und Opa kommen!", ruft meine Tochter. Ja, meine Eltern haben mir das Haus überlassen. Sie sind in eine ebenerdige Wohnung gezogen, ganz in der Nähe. Opa hat Rücken und Oma Knie. „Wir haben unseren Enkel unterwegs aufgelesen. An Heiligabend sollte die Familie schon zusammen sein.", sagt Opa mit erhobenem Zeigefinger. „Ja Opa, ich bessere mich.", sagt sein Enkel.

„Kann ich noch etwas helfen?", fragt Oma die Mutter. „Ja, treffen wir uns im Souterrain, da wäre noch etwas einzupacken.", flüstert die Mutter. „Lass' mich zuerst mit Opa die Krippe holen!", rufe ich. Gesagt, getan. Und wie in jedem Jahr kümmern sich Opa und Enkel oder Vater und Sohn um den Krippenaufbau. „Nanu, nichts ist abgebrochen in diesem Jahr.", staunt mein Vater. „Ich habe es meinem Opa auch damals versprochen.", sage ich leise und denke an ihn. „Ich weiß, mein Junge, ich weiß."

Eine Tradition habe ich auch noch übernommen. Jeder verlässt bis um 18 Uhr das Wohnzimmer. Und alle halten sich auch daran. Nur werde ich in diesem Jahr mogeln.

Die Kinder sind in ihren Zimmern. Oma, Opa und die Mutter sind im Souterrain. Ich schleiche mich zurück ins Wohnzimmer. Aus dem Internet habe ich ausgeschnittene Fußspuren besorgt. Einmal ein Paar vom Weihnachtsmann und ein Paar vom Christkind. Der Weihnachtsmann trägt große Stiefel und das Christkind ist barfuß unterwegs. Die Pappvorlagen lege ich auf den Boden, einmal der Weg hin zum Christbaum und wieder zurück zur Balkontür, die ich leise öffne. Mit dem speziellen Schnee, der den Vorlagen beiliegt, sprühe ich nun die Fußspuren aus. Jetzt aktiviere ich die Weihnachts-App, die ich zuvor aus dem Internet geladen habe. Pünktlich um 18 Uhr und 3 Minuten soll es nun Geräusche im Wohnzimmer geben. Das Smartphone verstecke ich natürlich. Danach schleiche ich mich aus dem Wohnzimmer und gehe in mein Büro.

Noch wenige Minuten. Ehrlich gesagt, ich bin so aufgeregt wie in jungen Jahren. Ob auch alles klappen wird?

17Uhr und 59 Minuten. Ich klingele Omas Weihnachtsglocke. Alle kommen aus ihren Zimmern und versammeln sich vor der Wohnzimmertür. Plötzlich hört man Geräusche. Wir schauen uns alle an. Niemand fehlt.

„Ho, ho, ho, na die Kinder werden sich aber wieder freuen!", ruft der Weihnachtsmann. „Ja, und die Erwachsenen werden staunen, dass wir immer zur gleichen Zeit hier sind. Wir sind eben pünktlich!", ruft das Christkind. Sofort öffnet der Sohn vorsichtig die Wohnzimmertür. Unter seinem Arm kommt seine Schwester zum Vorschein. „Schau', da sind Spuren. Und dort liegen Geschenke.", flüstert er. Ja, und wie die Geschenke unter den Weihnachtsbaum gekommen sind, das weiß ich nun wirklich nicht, denn ich bin viel zu beschäftigt gewesen. Ehrlich.

Nachtrag:

Das Heiligabend-Essen ist wunderbar gewesen. Gemeinsam haben wir die Christmette besucht. Dort habe ich mich dann wieder bei Opa und Oma bedankt. Bedankt, dass wir in unserer Familie gesund sind und Frieden haben. Frieden, Gesundheit und Essen für die ganze Welt! Sie sind im Himmel und leiten alles weiter.

Mein Weihnachten

Ich kann mich noch sehr gut erinnern, wie bei uns zu Hause Weihnachten gefeiert wurde. Als Kind bekommt man gar nicht mit, ob die Eltern schon vor dem Fest gestresst waren oder nicht. Bei meiner Mutter und meinem Vater ging alles harmonisch von statten. So stressig wie heute war es damals natürlich nicht. Man gab nicht so viel Geld für Geschenke aus.

Das familiäre Zusammensein stand an erster Stelle. Jeder freute sich über Kleinigkeiten, wobei ich sagen muss, dass ich als Nesthäkchen immer ordentlich verwöhnt wurde. Opa und Oma kamen immer am Heiligabend schon morgens zu uns. Tante und Onkel besuchten uns am ersten Feiertag. Alle brachten stets reichlich Geschenke und Süßigkeiten mit. Ich musste dann ein Gedicht aufsagen, welches ich schon Tage vorher auswendig gelernt hatte. Der Heiligabend wurde von meinen Eltern und Großeltern ganz besonders zelebriert. Keiner durfte vor 18 Uhr das Wohnzimmer betreten. Als es dann endlich soweit war, klingelte meine Mutter mit einer kleinen Messingglocke und wir traten dann erwartungsvoll ins Weihnachtszimmer ein. Nur der Tannenbaum war beleuchtet. Die echte Tanne strahlte mit den ebenfalls echten Kerzen und dem alten nostalgischen Weihnachtsschmuck. Meine Kinderaugen wurden immer größer. Es hingen auch Wunderkerzen daran, die ich im Beisein meiner Eltern anzünden durfte. Der Duft, der dabei entstand, vermischte sich mit dem Duft der Tanne, den

Kerzen und dem herrlichen Braten, den meine Mutter auf ihrem alten Küchenherd bereitet hatte.

Der Küchenherd musste noch mit Kohle betrieben werden und dabei verbreitete sich zusätzlich eine wohlige Wärme in der kleinen Wohnung.

Nachdem ich den Baum bestaunt hatte, enddeckte ich auf dem Garbentisch eine wunderschöne handgearbeitete Puppenstube. Dort waren kleine Gardinen an den Fenstern und die kleinen Möbel versetzten mich in eine andere Welt. In meiner kindlichen Fantasie bildete ich mir ein dort zu wohnen. Meine Eltern und Großeltern saßen glücklich und zufrieden auf dem Sofa und beobachteten mich. Vater und Opa tranken wie immer an diesem Heiligabend Wein. Wenn sie dann angeheitert waren, kamen ihre Töne beim Gesang der Weihnachtslieder so richtig zur Geltung. Ich musste dann oft lachen, weil es einfach zu komisch war. Nun bat meine Mutter alle zu Tisch. Ihr selbstgemachter Kartoffelsalat und die besonders leckeren Würstchen dazu, waren ein krönender Abschluss dieses wunderbaren Abends. Ich erinnere mich heute gerne zurück und habe oft das Gefühl, als wenn es erst gestern gewesen wäre.

Der erste Weihnachtstag

Am Weihnachtsmorgen konnte ich nicht schnell genug aus dem Bett steigen. Meine Puppenstube musste ich unbedingt zum Leben erwecken. Als Kind konnte ich mich so ins Spiel hineinversetzen, dass ich selbst glaubte in diesem Puppenhaus zu wohnen. Da Oma und Opa immer an Weihnachten über Nacht blieben, konnten wir alle gemeinsam ein gemütliches Weihnachtsfrühstück einnehmen. Der Duft des Tannenbaumes und des leckeren Bratens war intensiver als am Vortag. In der Wohnküche meiner Eltern war es sehr gemütlich. Der alte Kohleofen, der gleichzeitig zum Kochen diente, gab eine wohlige Wärme ab. Meistens schneite es an Weihnachten, so auch an diesem Tag. „Tante Hanni und Onkel Peter kommen heute Nachmittag und bringen auch Klaus-Peter mit.", sagte meine Mutter beiläufig. „Freust du dich denn?", fragte sie mich. „Sicher Mama, du weißt doch, dass ich mich freue wenn mein Vetter mitkommt.", antwortete ich und war in Gedanken an meine Puppenstube ganz versunken.

Am Nachmittag klingelte es. Tante, Onkel und Vetter traten ein mit riesen Paketen unter den Armen. Klaus-Peter brachte seine Gitarre wie immer an solchen Tagen mit. Wenn die ganze Familie versammelt war spielte er darauf. Eine noch fröhlichere Stimmung machte sich breit. Alle hatten beste Laune und nahmen erst einmal am Kaffeetisch Platz. Wie immer hatte Mama einen Frankfurter Kranz gebacken, den alle sehr gerne aßen. Schon an der Kaffeetafel brach tolle Stimmung aus. Mein Vetter holte immer wieder seine Gitarre heraus und begann Weihnachtslieder zu spielen. Natürlich sangen alle aus Leibeskräften mit. Der Nachmittag verging schnell und langsam wurde es dunkel. Es schneite draußen wieder, heftiger als je zuvor. Mein Kinderherz war voller Freude. Wie beschützt fühlte ich mich doch im Kreise meiner Familie. Meine Mutter bat alle Anwesenden im Wohnzimmer Platz zu nehmen. Vater zündete die Wachskerzen an und wieder überkam mich ein wunderbares Gefühl. Ein Gefühl der Freude und Geborgenheit. Nur kam ich auch heute nicht davon ohne ein Gedicht aufzusagen. Es war nun einmal Tradition bei uns. Leise Gitarrentöne ließen erahnen, dass alle gleich wieder sangen. Tante Hanni hatte für jeden ein kleines Geschenk, worüber sich alle sehr freuten. Mein Vater bekam Rasierwasser, meine Mutter eine Schürze, Opa eine Pfeife und Oma ein paar warme Pantoffeln. Natürlich war ich neugierig auf das, was ich bekam. Ich riss das Geschenkpapier ab und konnte vor Erstaunen nichts mehr sagen. Ein kleiner Kaufmannsladen kam zum Vorschein. Dort fand ich alles, was auch in einem richtigen Laden vorhanden war. „Ja dann wollen wir mal kräftig bei dir einkaufen!", rief mein Opa und musste herzlich lachen. Der schöne Weihnachtstag ging langsam zu Ende und mit Tränen in den Augen verabschiedeten sich alle.

Jedes Jahr feierten wir auf die gleiche Weise Weihnachten, bis meine Großeltern starben. Ich wurde älter, aber das Weihnachtsfest bleibt bis heute für mich etwas ganz besonderes. Immer am Heiligabend denke ich an Opa und Vater, sie konnten so schön singen. Ich denke an Mama, die sich stets bemühte, uns ein gemütliches Weihnachten zu bereiten. An die Klänge der Gitarre meines Vetters denke ich mit Wehmut. Diese Erinnerungen kommen immer wieder am Heiligabend; und ich denke so gern an diese schöne Zeit zurück.

Jetzt ist Weihnachten

Weihnachten, heilige Zeit,

geschmückte Räume,

alles ist verschneit,

erwartungsvolle Kinderträume.

Der Heiligabend ist so nah,

alles ist so feierlich,

bald ist das Christkind da,

still ist es und weihnachtlich.

Die Glocken läuten zur Andacht,

dicke Schneeflocken fallen,

kommt zum Kind in dieser Nacht,

die Klänge der Orgel durch den Winter hallen.

Die hl. Messe war so schön,

es schneit schon wieder,

Zeit ist's nach Haus zu gehen,

Stimmt an, die Weihnachtslieder.

Heiligabend im Herrenhaus in Bad Königsborn

Es war am Weihnachtsabend; und alle hatten Omas herrlichen Truthahn-Braten genossen. Die Enkel lagen auf dem dicken Teppich und spielten mit ihren neuen Baukästen und ferngesteuerten Autos. Die Zwillinge hatten gerade das 8. Lebensjahr vollendet. Sie waren der ganze Stolz der Familie. Erich und Marianne konnten erst sehr spät Eltern werden und durften froh sein, dass es doch noch geklappt hatte.

Graf Bertram von Wildholz und seine Gattin Gräfin Hermine von Wildholz waren seit vielen, vielen Jahren ein zufriedenes und auch mit Reichtum gesegnetes Paar. Erich, der Sohn, sollte später einmal Herr über das riesige Anwesen seiner Eltern werden. Er bewohnte bereits den Westflügel des Herrenhauses mit seiner Familie. Nun saßen sie alle in dem behaglichen Wohnzimmer an dem großen, offenen Kamin zusammen. Leise spielte Oma Hermine an dem uralten Flügel „Stille Nacht". Der drei Meter hohe Tannenbaum leuchtete in seiner ganzen Pracht. Großvater Bertram begann zu erzählen: „Ich war noch ein kleiner Junge und bevor der

Zweite Weltkrieg ausbrach, vergiftete das politische Klima auch das tägliche Leben. Die Menschen hatten Angst vor dem, was da kommen sollte. Nun gut, ich war noch ein Kind, immer gut behütet.", erzählte der Graf. „Ich war ein neugieriger und immer für einen Streich aufgelegter Wirbelwind.", sagte er.

Das Gutshaus war der ideale Ort, um sich zu verstecken und Dummheiten zu machen.", führte der Opa weiter aus. Sein Sohn Erich und seine Schwiegertochter Marianne hörten gespannt zu und lauschten dabei den weihnachtlichen Klavierklängen, die von Hermine präsentiert wurden. „Erzähl' weiter, Großvater, wir wollen mehr hören", riefen die Zwillinge Robin und Linus. Sie kamen angerannt und setzten sich in einen der großen Ohrensessel, sodass man nur noch rechts und links ein Stück der Kinderarme sah, wenn man hinter dem Sessel stand. „Ich lief in eines der leer stehenden Gästezimmer und kletterte in den Speiseaufzug, dann zog ich die kleine Holztür zu und gab keinen Mucks von mir. In dieser Stellung verharrte ich bis in die Abendstunden.", sagte der Großvater mit einem Grinsen im Gesicht.

„Niemand fand mich. Sie suchten das Haus, das Grundstück, die Pferdeställe und die Dachböden nach mir ab.", amüsierte sich der Graf und strich sich stolz über seinen Kinnbart. „Da es schon sehr spät war und auch alle verzweifelt über mein Verschwinden waren, wollte ich nun wieder aus meinem Versteck klettern und die anderen überraschen.", sagte Graf Bertram. „Nur diese verdammte, alte Holzschiebetür ging nicht auf. Was sollte ich nur machen? Ich klopfte verzweifelt vor die Tür. Erst leise und dann immer lauter. Alle dachten es wäre ein Spuk, aber schließlich wurden sie auf die Geräusche aufmerksam.", erzählte der Großvater.

Linus rief: „Opa, Opa und wie ging es weiter?" „Ja, ich wurde vom Personal befreit und meine Eltern haben immer, wenn ich etwas ausgefressen hatte, die Schiebetür vom Speiseaufzug zur Seite geschoben und gesagt: „Du weißt ja was mit kleinen Jungen passiert, die nur Flausen im Kopf haben.", sagte der alte Graf. „Von da an war ich ein Vorzeigeknabe, der es aber faustdick hinter den Ohren hatte.", lachte Bertram. Alle anderen mussten auch schallend lachen. Beim Klavierspiel von Oma Hermine erlebte die Familie noch einen herrlichen Heiligabend.

Die Kinder waren in dem mit rotem Samt bezogenen Ohrensessel eingeschlafen und Papa Erich weckte sie sanft, um mit ihnen noch gemeinsam ein Lied zu singen, zum Abschluss des wunderschönen Weihnachtsabends bei den Großeltern im Herrenhaus.

Endlich Weihnachten

Es weihnachtet überall sehr,

alle Fenster sind bunt geschmückt.

Liebes Christkind komm' bald her,

Wir sind so selig und beglückt.

Der Heiligabend ist nun da,

es sitzen alle um den Baum.

Viele Wünsche werden wahr,

Weihnachtsduft erfüllt den Raum.

Mutter bringt den Braten rein.

Wie friedlich doch alles ist.

Strahlend ist des Baumes Schein,

oh Tannenbaum wie schön du bist.

Fitus, der Kobold, und der Seemann

Es schneite am 22. Dezember auf Sylt. Fitus ging vergnügt durch List und beobachtete alle Menschen bei ihren Weihnachtsvorbereitungen.

Immer wieder schaute er auch bei den Hansens vorbei. Vater Hansen lag immer noch im Krankenhaus. Er war vom Dach gefallen. Mutter Hansen musste nun für ihre 3 Kinder alles allein organisieren. Jeden Tag besuchte sie ihren Mann, machte danach den Haushalt und kümmerte sich liebevoll um ihre Kinder.

Torben ist 5 Jahre, Lore ist 8 Jahre und Sven 10. Er hilft Mutter Luise wo er nur kann. Hauptsächlich möchte aber Torben mit ihm spielen. Dabei musste doch Weihnachten vorbereitet werden. Der Tannenbaum muss noch besorgt werden, die Christbaumkugeln aus dem Keller hochholen und die Wohnung hübsch schmücken, Mutter Luise ist einfach überfordert.

Fitus erkannte die Sorgen der Familie, aber da gibt es auch noch viele andere Familien, denen geholfen werden müsste.

Nun überlegt unser Sylter Strandkobold und überlegt. Er geht den Lister Hafen auf und ab. „Wie kann ich nur helfen?", murmelt er so vor sich hin. „Moin", ruft da ein Mann, der auf die Nordsee blickt. Fitus dreht sich um, niemand ist zu sehen. „Meinst du mich?", fragt Fitus den Mann. „Ich werde doch nur von Kindern und Tieren gesehen." „Tja, ich kann dich eben sehen, lieber Kobold Fitus." Fitus war erstaunt. Aber so kurz vor Weihnachten musste sich Fitus noch um so viel kümmern, dass er nicht weiter darüber nachdenken konnte. „Ich bin Seemann, kann ich dir helfen?", fragt Klaus, der Seemann. „Ach, dich schickt der Himmel. Da ist eine Familie, die braucht dringend Hilfe. Ich weiß nicht wie du helfen kannst, aber mache einfach etwas. Dann kann ich nach Westerland, um den Ludwigs zu helfen."

Gesagt, getan. Fitus lief schnell nach Westerland und verließ sich ganz auf Seemann Klaus.

Morgens, am 23. Dezember, bei den Hansens:

Oh Schreck, jetzt hat sich Mutter Luise auch noch den Fuß verstaucht. Vater Hansen darf zwar das Krankenhaus über

Weihnachten verlassen, aber er liegt ganz eingegipst auf dem Sofa. Mutter Luise humpelt durch die Küche und die Kinder spielen im, Kinderzimmer. Es schellt. Sven öffnet die Tür, er ist traurig, denn es gibt in diesem Jahr wohl kein Weihnachten. „Ho, ho, ho!" ertönt es vor der Tür. „Bist du es wirklich?", ruft Sven etwas erschrocken. „Ja, ich bin es, ich bin der Weihnachtsmann. Ich bringe Geschenke, einen Weihnachtsbaum und einen leckeren Fisch aus der Nordsee mit.", sagt der Nikolaus in seinem roten Mantel, mit dem weißen Bart. Die Familie freut sich riesig. Der Nikolaus stellt den Baum auf, er räumt mit den Kindern die Wohnung auf und schläft schnarchend im Kinderzimmer bei den Kindern ein.

Am 24. Dezember, also Heiligabend, kocht er ein leckeres Essen für den Abend. Mutter Luise weint vor Freude. Und dann geht es auf 18 Uhr zu. Die Familie versammelt sich vor dem prächtig geschmückten Weihnachtsbaum. Die Tür geht auf und herein kommt der Weihnachtsmann. Sie beten gemeinsam am Tisch und freuen sich auf das leckere Nikolausessen. Danach schickt der Nikolaus die Familie ins Wohnzimmer. Alle sind ganz gespannt, es ist ein so herrlicher Heiligabend, sollte es jetzt sogar noch Geschenke geben? Tatsächlich! Für jeden gibt es genau die Geschenke, die sich jeder gewünscht hat. „Danke, lieber guter Weihnachtsmann!", rufen alle. Der Weihnachtsmann verabschiedet sich von allen und nimmt jeden in die Arme.

In der Zwischenzeit hat Fitus alles erledigt. Jetzt will er schnell zu den Hansens, um zu sehen, wie der Seemann Klaus helfen konnte. Vor der Haustür trifft er Klaus. Er ist ja nicht zu übersehen mit seinem gestreiften Pullover und dem braunen Vollbart. „Alles ist erledigt, lieber Fitus. Lauf nach oben und freue dich mit den Hansens. Übrigen, ich wünsche dir „Frohe Weihnachten" mein Freund". „Dir ebenso und danke für deine Hilfe, lieber Seemann Klaus."

In der dritten Etage angekommen, fallen die Kinder Fitus glücklich um den Hals. „Fitus, Fitus, stell' dir vor, der echte Weihnachtsmann war bei uns. Er hatte einen weißen Bart und einen roten Mantel getragen. Schau Fitus, was er mir mitgebracht hat.", ruft Lore. Fitus staunt. „Es begegnete mir doch nur der Seemann Klaus. Ja, manchmal geht der Nikolaus ganz eigene Wege um zu helfen.", freute sich Fitus.

Aus dem Buch „Briefe von Santa Claus":

Liebe Kinder!
Solltet ihr einmal nicht das bekommen, was ihr euch gewünscht habt, oder es finden sich weniger Geschenke unter dem Tannenbaum wieder, seid nicht traurig. Denkt dann darüber nach, wie viele Menschen es in der Welt gibt, die so arm sind, dass sie nichts zu essen haben. Auch werden dann diese Kinder bestimmt keine Weihnachtsgeschenke bekommen, so wie ihr es gewohnt seid.
Ich bitte euch denkt einmal darüber nach.
Wenn ich mich hier bei mir am Nordpol einmal umsehe, muss ich feststellen, dass mein Helfer und meine rechte Hand der Nordpolarbär nur noch faul herum liegt. Jedoch, wenn die Elfen gekocht haben, ist er sofort an Ort und Stelle.

Tatsächlich hat er sich erlaubt, vor ein paar Tagen sämtliche, liebevoll gepackte Geschenke einfach aufzureißen. Er wollte nur mal den Inhalt probieren, bekam ich zu hören.
Aber es kam noch schlimmer. Ihr werdet es kaum erraten. Ich musste den Polarbären in meinen riesigen Keller schicken. Mit einer Kerze stieg er hinab. Ausgerechnet in die Knallkammer. Dort sind tausende Schachteln mit Knallbonbons gelagert. Den Deckel der Schachteln hatte ich aufgelassen, damit ich die Farben besser erkennen konnte.

Ich bat ihn schon mal 20 Schachteln herauf-
zuholen. Ich war gerade mit dem Sortieren
von Bauernhoftiere beschäftigt. Auf Grund
seiner Bequemlichkeit, holte er sich die
Schneemännlein zur Hilfe. Der Polarbär
vergaß vollkommen, dass die Schneemännlein
keinen Zutritt haben. Wie ich schon vermutete,
fingen die weißen Gesellen an, die Schachteln
aufzureißen.
Der Eisbär wollte sie bestrafen, doch sie
wichen ihm aus. Der Polarbär stolperte, ließ
seine brennende Kerze fallen und verbrannte
sich das Fell.
Ich habe euch schon mal einen kleinen
Einblick gegeben, von dem Durcheinander,
dass im Augenblick bei mir herrscht.
Es läuft nicht immer alles glatt und ich bin
oft froh, wenn ich alles geschafft habe.
Wenn dann der Schlitten gepackt ist und
die Geschenke sind festverschnürt, bin ich
wieder glücklich.

                              Euer Weihnachtsmann.

Lieber Benny!

Heute schreibt dir Santa einen persönlichen Brief. Du wirst dich bestimmt wundern. Weißt du Benny, es steckt sehr viel körperliche Belastung und Organisation dahinter, bis am 24. Dezember eure Geschenke pünktlich unter die Tannenbäume gelegt werden können. Aber welchen Ärger ich in der letzten Zeit mit meinen Helfern habe, ist unglaublich. Doch ich will dir einen kleinen Einblick geben. Nun, der dumme alte Polarbär macht mir den meisten Ärger. Ich zittere jeden Tag und habe Angst am Heiligabend nicht pünktlich bei euch zu sein. Doch ich will dich nicht beunruhigen, kleiner Benny. Denn ganz so schlimm war es ja doch nicht. Wir hatten gerade angefangen, die Pakete auf den Schlitten zu laden, da fiel er die lange Treppe hinunter. Das ist die Treppe, die von meinem Wohnzimmer in die Spielzeugfabrik führt.

Brief an Benny, 6 Jahre alt.

Na ja, der Polarbär wollte helfen und da ist es passiert. Zum Glück leuchtete das Polarlicht wieder recht hell. Aus lauter Freude heraus, haben die Schneeelfen ein Feuerwerk steigen lassen. Dabei entstand ein großes Loch im Nordpolareis. Darunter lag der dicke Eisbär Holger. Er wurde wach und regte sich sehr auf. Aber alles nichts gegen das was mich wirklich anstrengt. Jedes Jahr an Heiligbend, muss ich rund um die Welt reisen und sehr vielen Kindern ihre Wünsche erfüllen. Das fällt mir sehr schwer, denn ich werde auch nicht jünger. Aber ich will trotzdem, dass du ein schönes Weihnachtsfest feierst mit deinen Eltern.
Ich freue mich dir deinen Wunsch erfüllen zu können. Lieber Benny, deine Eisenbahn habe ich selbst zusammengesetzt. Sie ist sehr schön. Bau' sie um den Kamin herum auf und genieße die schöne Zeit.

Dein Weihnachtsmann

Lieber Tommy!

Auch du bekommst heute am Heiligabend einen persönlichen Brief von mir. Ich habe dir deinen Wunsch erfüllt. Der große Playmobilcircus ist eine Wucht. Du wirst bestimmt lange damit spielen und sogar an deine Kinder weiter geben. Dass du dich beim Spielen konzentrieren kannst, hast du schon im letzten Jahr bewiesen.
Der eigentliche Grund, warum auch du einen Brief bekommst, ist einfach zu beschreiben.
Die meisten Kinder denken, dass ich mal eben auf die Schnelle alle Geschenke auf der ganzen Welt abliefern kann. Das ich aber dazu viele Helfer brauche, ist nicht in eurem Denken.
Stets muss ich die riesige Backstube kontrollieren. Die Spielzeugfabrik ist auch sehr wichtig. Außerdem müssen die vielen süßen Sachen ordentlich in Glanzpapier gewickelt werden.

Brief an Tommy 10 Jahre alt

Bedenke einmal, dass ich auch in die Jahre
gekommen bin und muss mich in der letzten
Zeit nur noch mit dummen Streichen herum-
ärgern. Gestern noch habe ich gemerkt, dass
die Spielzeuglager total durcheinander
gewirbelt wurden. Immer diese dummen
Streiche, die mit Vorliebe von meinem
Nordpolarbär ausgeführt werden.
Dümmer als dumm war, dass er mir einfach
Stechpalmenzweige ins Bett legte.
Eine Begründung für diesen Streich gab
es nicht. Es stellte sich aber heraus, dass es
doch nicht der Eisbär war, sondern ein böser,
roter Zwerg. Dann fand ich dieses kleine
Wesen schlafend in meinem Küchenschrank.
Ach ja, er hatte zwei ganze Portionen
Schweinebraten verdrückt.

Aber nun wünsche ich dir ein schönes Fest.

Dein Weihnachtsmann

Liebe Hanna und liebe Eltern von Hanna!

Ich glaube, dass ihr der Kleinen meinen Brief vorlesen müsst. Ich gehe davon aus, dass Hanna noch nicht lesen kann. Auch Hanna sollte wissen, wie schwer es für mich geworden ist, alle Kinderwünsche zu erfüllen. Meine Kräfte haben nachgelassen und ich bin nicht mehr der Jüngste. Alleine, das Steigen durch die Kamine ist für mich fast nicht mehr zu schaffen, obwohl die Elfen mithelfen. Ja, ich schäme mich etwas, denn ich habe ordentlich zugelegt. Zu Hause bei mir am Nordpol ist auch alles nicht mehr so stimmig. Meine rechte Hand, der Nordpolarbär ist sehr träge geworden. Liegt den ganzen Tag nur faul herum, anstatt mir zu helfen. Disziplin scheint ein Fremdwort für ihn geworden zu und er bringt einiges durcheinander.
Ich möchte euch mit ein paar Worten erklären, was ich damit meine. Eines Tages, ich glaube es war im November, wollte er nur mal kurz einen Spaziergang machen.

Brief an Hanna. 5 Jahre alt

Der Nordpolarbär kam aber nicht zurück.
Ich machte mir Sorgen, denn er war nicht nur meine rechte Hand, sondern auch mein Freund.
Viel Zeit verging, als es an meiner Tür klopfte.
Fast glaubte ich, dass er wieder da war, doch ich irrte mich. Ich öffnete die Tür und vor mir stand ein dicker, zotteliger Braunbär. Wie lange hatte ich schon keinen Höhlenbär mehr gesehen.
Er stellte mir tatsächlich die Frage, ob ich meinen Polarbären wieder haben wolle.
Er wartete keine Antwort ab. Also sagte er mir, dass ich ihn nach Hause holen sollte. Zum Glück stellte sich heraus, dass er sich verlaufen hatte.
Die bösen Kobolde, die sich in diesen Höhlen aufhalten, hatten dafür gesorgt, dass er sich immer tiefer in den Höhlen verirrte.
Kobolde sind sehr schlimm, da ist eine Rattenplage nichts dagegen.
Aber ich will euch nicht länger mit meinen Sorgen belasten, schließlich habe ich es ja doch geschafft meine Kinder alle glücklich zu machen.

Euer Weihnachtsmann

Lieber Stanley!

Heute schreibt dir dein Weihnachtsmann, das hast du bestimmt nicht erwartet oder?
Ich will dir sagen, dass auch ich sehr viel Arbeit habe. Nur noch im allerletzten Moment, schaffe ich es, mit meinem gepackten Schlitten loszufliegen. Manchmal geschehen schlimme Dinge bei mir am Nordpol. Die Polarbären haben oft keine Lust mir zu helfen. Gestern noch wurde mir meine Mütze vom Kopf gerissen.
Sie flog davon und du wirst es nicht glauben, sie blieb an der Spitze des Nordpols hängen.
Doch schnell half mir ein roter Zwerg.
Er kletterte die Spitze hinauf und schaffte es trotz seiner Zwergen-Gestalt, die Mütze zu holen. Dem nicht genug, brach auch noch der Nordpolarturm auseinander. Alles fiel auf das Dach meines Hauses. Durch das riesige Loch im Dach, fiel der ganze Schnee.

Brief an Stan 5 Jahre alt

Zum Glück konnte ich mit dem Polarbären noch alles rechtzeitig reparieren. Der Knall, der durch den Fall des Turmes entstand, war so laut, dass alle Sterne durcheinander gewirbelt wurden.
Du wirst es nicht glauben, lieber Stan, sogar der Mann im Mond ist in meinen Garten gefallen, als der Turm auf mein Haus fiel.
Dann aß er meine ganze Schokolade auf.
Als ihm richtig schlecht wurde, kletterte er zurück. Nun ja, jetzt will ich dich nicht weiter mit meinen Problemen belästigen. Du hast einen wunderbaren Wunsch von mir erfüllt bekommen. Dein Echtholzschlitten habe ich selbst geschreinert und lackiert. Zum Schluss habe ich die Kufen darunter genagelt und noch mal glatt geschmirgelt. Nun kannst du ohne Probleme durch den Schnee sausen. Ein schönes Fest wünsche ich dir.

Dein Weihnachtsmann

Liebe Amelie!

Dein Santa möchte dir heute mal einen kleinen Brief schreiben. Du bist erst 3 Jahre alt und kannst noch nicht lesen. Vielleicht werden dir deine Eltern diesen Brief vorlesen.
Dass ich bis heute Morgen sehr viel Arbeit hatte, wirst du nicht verstehen.
Darum wünsche ich dir viel Freude mit deiner sprechenden Puppe.
Ich habe noch eine Bitte an dich.
Wenn ich darf, möchte ich dir immer wieder schreiben, solange du an mich glaubst.

Dein Santa

Brief an Amelie 3 Jahre alt

Lieber Otto!

Ich auch dir erklären müssen, wie schwer es mir fiel alle Weihnachtsvorbereitungen unter einen Hut zu bekommen. Ich bin älter, schwerfälliger und kränker geworden. Bei mir am Nordpol ist in der letzten Zeit, und besonders ein Tag vor Heiligabend, die Hölle los. Keine Disziplin mehr und jeder macht was er will. Hier ein Beispiel: In der letzten Woche musste ich mit dem Polarbären die Sachen aus dem Keller holen. Diese Spielsachen waren für die Kinder in England. Mein Keller ist fast ein unheimliches Gewölbe. Dort lagere ich alle Geschenke der Kinder, die auf der ganzen Welt leben. Als wir nun den Keller betraten fiel mir auf, dass alles durchwühlt wurde.

Brief an Otto 11 Jahre alt

Es sah schrecklich aus. Beim näheren Hinsehen fiel mir auf, dass vieles gestohlen wurde. Kannst du dir vorstellen wie mir zu Mute war, einen Tag vor Heiligabend? Keine Geschenke für die Kinder zu haben, das geht gar nicht! Wie sollte ich das schaffen, alle gewünschten Geschenke noch mal zu basteln und zu bauen, zu verpacken und auf den Schlitten zu laden? Der Polarbär, meine helfende Hand, nahm den Geruch der bösen Kobolde war. Sie konnten durch ein Loch in der Kellerwand eindringen. Doch in der letzten Minute schaffte ich es doch noch, mit meinen Helfern zusammen, alle Geschenke zu erneuern. Und deine Garage ist noch schöner als vorher geworden. Bitte hab viel Freude damit und denke daran wie viel Liebe darin steckt.

Dein Santa

Liebes Finchen!

Deine Eltern werden dir gleich diesen Brief vorlesen. Du bist noch ein kleines Mädchen mit riesigen Wünschen. Deine Seele ist noch rein und deine Gedanken zeugen von Unschuld. Auch du wirst nicht verstehen, warum ich meinen Kindern einen Brief geschrieben habe. Darum werde ich auch nicht erzählen, wie schlecht es mir geht. Es ist auch nicht nötig, einem kleinen Ding wie dir, mit meinen Problemen das Weihnachtsfest zu vermiesen. Deinen Wunsch allerdings habe ich dir gerne erfüllt. Der Puppenwagen und die Schlafpuppe, die darin liegt, ist wunderschön. Du bist eine richtige Puppenmama. Nun möchte ich nicht länger stören und wünsche dir viel Freude damit.

Dein Weihnachtsmann

Brief an Josefine 4 Jahre alt

Lieber Georg!

Ich hatte gedacht in diesem Jahr, meinen Kindern keinen Brief zu schreiben. Das ist noch nie vorgekommen. Ich hatte ganz bestimmte Gründe dafür. Du glaubst nicht Georg, was sich in den letzten Jahren bei mir am Nordpol alles abgespielt hatte. So schlimm war es noch nie. Niemals hatte ich Angst, euch nicht pünktlich die Geschenke bringen zu können. Ich war fröhlich und ausgeglichen. Doch viele meiner Helfer machen nur noch Mist und was sie wollen. Haben einfach keine Lust mehr. Da kann ich doch nicht anders, als zu verzweifeln. Jedenfalls wollte ich, dass meine Kinder sich auch mal auf ihren Weihnachtsmann besinnen. Dass sie sich auch einmal Gedanken machen, was ich alles leisten muss und wie viel Kraft und Organisation dahintersteckt. Es tut mir sehr weh, denn oft denke ich, dass ich selbst allen egal bin. Das nur die Geschenke zählen. Du kannst es mit deinen 9 Jahren schon gut verstehen.

Brief an Georg 9 Jahre alt

Vor ein paar Tagen musste ich den Nordpolarbären suchen. Wieder einmal ist er weggegangen ohne mir Bescheid zu sagen. Er hatte sich in den alten Höhlen der Braunbären verirrt. Als ich ihn zitternd in einer der dunklen Höhlen fand, fiel mir ein Stein vom Herzen. In den vielen Jahren, die wir schon zusammen sind, hat sich auch eine tiefe Freundschaft entwickelt. Zum Glück habe ich immer Zündhölzer und eine kleine Kerze in meiner riesigen Jackentasche. Ich traute meinen Augen nicht, denn das was ich dort sah, überraschte mich sehr. Das erstaunt sein, hatte die Angst verdrängt. Die Wände waren voller Zeichen und Malereien. Richtig tief in die Felswände geritzt. Auch mein lieber Nordpolarbär konnte seinen Blick nicht abwenden. Hauptsächlich waren es Bilder von Tieren und eigenartige Strichmännchen. Plötzlich tauchte unerwartet der braune Höhlenbär auf.

Er behauptete, dass ihm die Höhlen und die Malereien von seinen Eltern und Urgroßeltern vererbt wurden. Der Braunbär meinte, dass der Mensch, der irgendwann dazu kam, die Wandkritzeleien fortgeführt hat.
Der Weihnachtsmann bemerkte, dass es lange vor seiner Zeit war. Damals war der Nordpol noch woanders. Eigentlich glaubte er dem Braunbären nicht, denn nicht die Bären waren diejenigen, die an den Wänden malten, sondern nur der Mensch allein. Egal, die Wandmalereien waren sehr schön, wenn nicht die Kobolde etwas dazwischen geschmiert hätten.
Ich nahm meinen Polarbären an die Hand und führte ihn hinaus aus der Höhle. Wir gingen nach Hause. Durch diese Aktion verzögerten sich die Weihnachtsvorbereitungen erheblich.

Wieder ging alles drunter und drüber. Aus diesem Grund konnte ich heute in letzter Minute noch die Päckchen auf den Schlitten befestigen.
Nun bin ich wieder glücklich, weil ich es geschafft habe, dir lieber Georg, deinen gewünschten Kaufmannsladen zusammenzusetzen. Liebevoll habe ich ihn bestückt. Darin befindet sich eine Theke, kleine Lebensmittel aus Marzipan und eine alte, kleine Kasse.
Du wirst gleich selber sehen, wie schön er geworden ist. Jetzt möchte ich dich nicht länger mit meinem Geschreibsel aufhalten.
Ich wünsche dir ein wunderschönes Fest.

Dein Weihnachtsmann.

Lieber Jonas!

Diesen Brief habe ich, wie auch all die anderen Briefe an meine Kinder, nicht geschrieben um Mitleid zu erwecken. Nein, ich möchte einfach nur, dass auch du einmal weißt, und dir Gedanken machst, wie es uns hier am Nordpol ergeht.
Hier hat die Kälte erbarmungslos zugeschlagen. An meiner Handschrift erkennst du wie ich bibbere. Vor ein paar Tagen mussten wir den Rentierschuppen freischaufeln. Meine Helfer fanden in den Schneemassen nicht zurück.
Ich musste sie suchen. Der Nordpolarbär musste das erste Mal zusätzlich einen Mantel aus Schafsfell anziehen und rote Fäustlinge tragen. Auch ich habe Hilfe benötigt. Ich rief alle roten Elfen zusammen. Sie sollten mir beim Schneeschaufeln helfen. Doch diese kleinen Biester haben den Ernst der Lage nicht erkannt und machten eine Schneeballschlacht.

Brief an Jonas. 6 Jahre alt

Das ist ja noch das kleinste Problem. Erst vor einigen Monaten haben hatten wir eine Koboldplage. Mit viel Mühe ist es uns gelungen, sie zu vertreiben. Heute Morgen sagte der Nordpolarbär, dass es wieder mit den Kobolden anfängt. Sie hätten sich schon wieder in meinem Vorratskeller zusammengerottet. Beim letzten Mal hatten wir ein riesiges Loch in der Wand. Da kamen sie alle rein. Wenn das stimmt, was der Polarbär sagte, dann brauche ich einen Kammerjäger. Meine Elfen habe ich mit speziellen Funkenspeeren ausgestattet. Davor werden die Kobolde ordentlich Angst bekommen.
Nun ja, einen kleinen Einblick in unser turbulentes Leben am Nordpol, konnte ich dir geben. Ich möchte aber, dass du ein schönes Weihnachtsfest mit deinem, von mir gebauten Raumschiff hast.
Ich wünsche dir ein friedliches Fest.

      Dein Weihnachtsmann.

Liebe Mary!

Dein Weihnachtsmann hat sich gedacht, in diesem Jahr mal einen persönlichen Brief an jeden Einzelnen von euch schreiben.
Ich will nicht klagen, doch ganz einfach sind auch meine Aufgaben nicht. In der letzten Zeit habe ich dieses komische Zittern im Körper. Ich glaube immer, ich könnte nicht rechtzeitig fertig werden. In dem ich die Briefe an euch schrieb, trank ich eine warme Tasse Schokolade. Ein großer Teller mit Keksen, stand auch bereit. Die grünen Elfen meinen es nur gut mit mir. Ich merke aber, dass ich immer dicker werde. Etwas Schwierigkeiten hatte ich schon, durch euren Kamin zu klettern. Leider konnte der Polarbär mir nicht helfen, denn er liegt krank im Bett.
Dein Geschenk konnte ich noch auf den letzten Drücker packen. Ich hoffe du freust dich über die schöne Puppenstube. Die kleinen Möbel habe ich selbst gebaut und für dich extra schön verpackt.

Dein Weihnachtsmann

Brief an Mary 8 Jahre alt.

Lieber Elton!

Ich sitze hier an meinem goldenen Schreibtisch und möchte auch dir ein paar Worte schreiben. Mir ist ganz klar, dass du so etwas noch nie erlebt hast. Nun zu mir. In den letzten Jahren, fiel es mir immer schwerer, pünktlich an Heiligbend, durch die Kamine zu rutschen und die Geschenke unter den Baum zu legen.
Zu viel ist bei mir zu Hause am Nordpol geschehen. Wenn ich nur daran denke, wird mir übel.
Auch nervt mich ganz schön, dass ich dicker geworden bin. Bei der Generalprobe, bin ich fast in allen Kaminen steckengeblieben. Die starke Lebkuchenparade holte mich noch im letzten Moment heraus. Anfang Dezember hatten wir einen heftigen Schneesturm am Nordpol. Über einen Meter hoch lag der Schnee. Zusätzlich war es sehr nebelig. Meine rechte Hand, der Polarbär, war sehr krank. Trotzdem ging er zu den Rentierställen.

Brief an Elton 7 Jahre alt.

Ausgerechnet in dem Zustand verlief er sich und wurde vom Schnee fast eingegraben.
Der arme war total nass und hustete.
Jetzt wurde er noch kränker, da er ja noch nicht richtig gesund war. Alles ging bei uns drunter und drüber. Ich will hoffen, dass der Polarbär bald wieder helfen kann. Zum Glück hatte ich es dieses Mal noch alleine Geschafft.
Lieber Elton, nun wird es Zeit, dass du dein Geschenk auspackst. Der Legokasten, mit dem du dir ganz tolle Hubschrauber bauen kannst, habe ich selbst verpackt. Das wollte ich mir nicht nehmen lassen.
Ich wünsche dir und deiner Familie viele schöne und gemütliche Wintertage, an denen du an eurem warmen Kamin die Hubschrauber bauen kannst.

Dein Weihnachtsmann.

Liebe Lotte!

Du und all die anderen Kinder haben an diesem Heiligabend einen Brief in ihrer Geschenkebox von mir vorgefunden. Lass' dich nicht von meiner kritzeligen Handschrift irritieren. Da ist einiges bei uns am Nordpol vorgefallen in den letzten Monaten, was ich erst einmal verarbeiten muss. Übrigens, entweder ist euer Kamin zu eng gebaut worden oder ich habe ganz schön zugelegt. Bin fast steckengeblieben. Ist auch egal. Jedenfalls ist deinem Geschenk nichts passiert. Ich habe erfahren, dass du sehr fleißig in der Schule bist. Du kannst auch schon wunderbar lesen und tust es auch in deiner freien Zeit. Das bewundere ich sehr. Darum habe ich für dich ein ganz besonderes Buch ausgesucht. Es beinhaltet viele schöne Tierbilder. Es wird darin auch über jedes einzelne Tier etwas geschrieben. Hast du denn schon deinen Hasen bekommen, wovon du mir im letzten Jahr geschrieben hast? Du wirst ihn bestimmt haben. Als ich heute Abend durch den Kamin in euer Wohnzimmer gestiegen bin, huschte etwas Braunes mit einem weißen Stummelschwanz an mir vorbei. Ich wünsche dir jedenfalls ein wunderschönes Weihnachtsfest.

Dein Weihnachtsmann.

Brief an Lotte. 7 Jahre alt

Liebe Kinder, als ich nach getaner Arbeit in Gedanken versunken, an meinem Schreibtisch saß, viel mir ein, was ich in der Zeit vor dem Fest mit dem Nordpolarbären erlebt hatte. Ich habe versucht das Erlebte in gereimter Form darzustellen.

Viel Freude beim Lesen
        Euer Weihnachtsmann

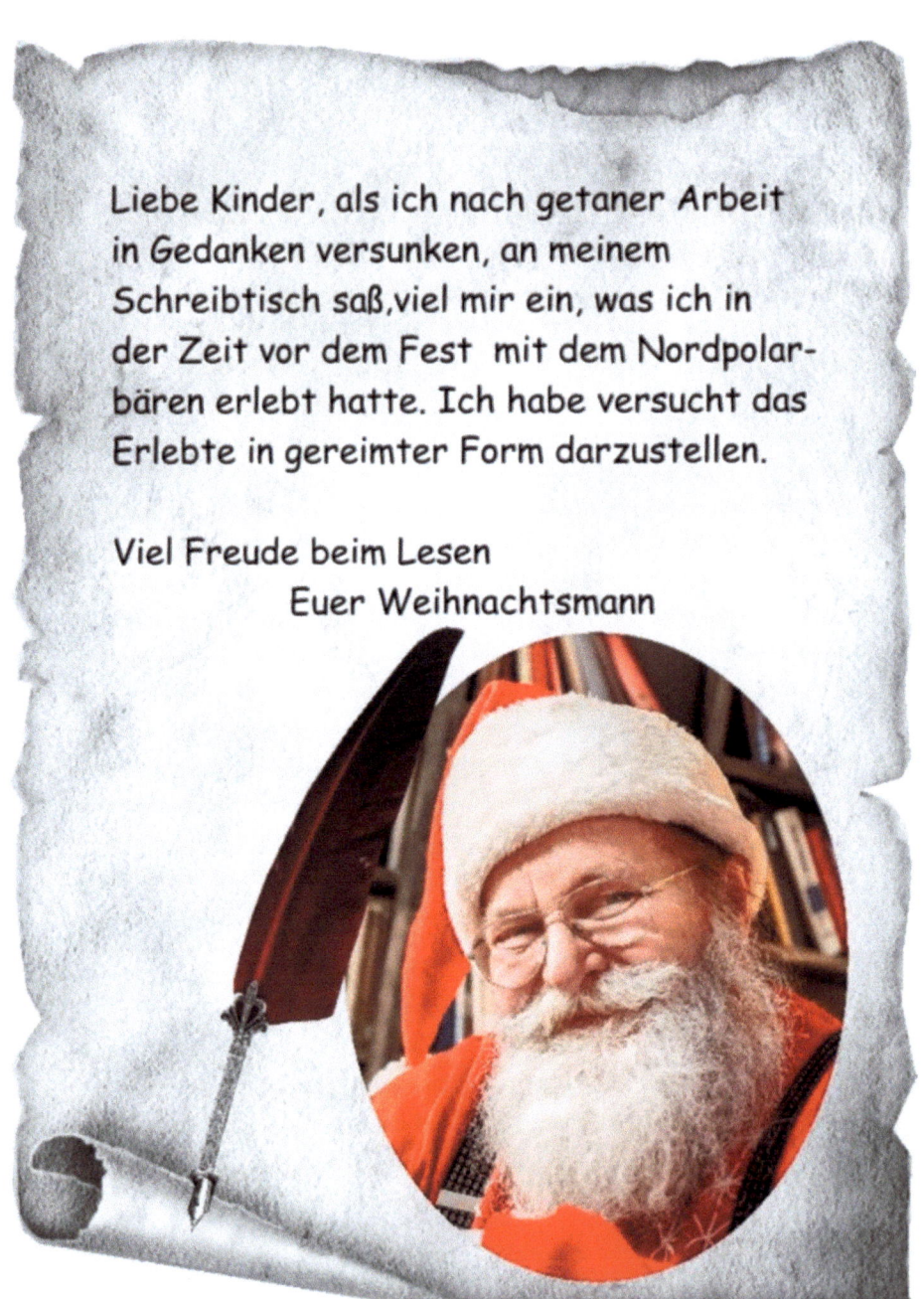

Ihr alle werdet fragen,
was sich am Nordpol zugetragen.
Ob das lange Jahr,
ein Gutes oder mieses war.

Der Polarbär, unser Held,
wie hat er sich bloß angestellt.
Na ja, nicht immer ist er schlau,
oft rief er ACH und AU!

Direkt im November, lag ein blöder Draht,
den er sich in die Sohle trat.
Er konnte nicht mehr stehen.
Lang musste er an Krücken gehen.

Es kam der Dezemberfrost.
Er verbrannte sich am Ofenrost,
die Nase und die Pfoten.
Ich hatte es ihm verboten.

Vieles stellte er noch an.
Zerbrach mein bestes Porzellan.
Futterte sich mit Keksen voll,
was er doch vor dem Fest nicht soll.

Er brachte Luftballons zum Platzen,
mit seinen dicken Bärentatzen.
Dann versaute er mit Geschmier
auch noch mein Briefpapier.

Er packte Päckchen, der liebe Sünder,
nur, für die falschen Kinder.
Doch ist es Eisbär seine Art,
an gutem Willen hat er nicht gespart.

Trotzdem will ich ihn loben.

Er hat geschleppt und viel gehoben.

Ist laufend hin und her gewetzt,

hat sich keinmal hingesetzt.

Das Weihnachtsfest ist nicht vorüber,
da hat der Bär Bauchweh und Fieber.
Er war auf Nüsse so versessen,
hat sie mit Schale aufgegessen.

Im Vertrauen, der dicke Bär,
aß durcheinander noch viel mehr.

Schinken und Auflauf,
mit Essiggurken oben drauf.

Pudding, Honig und Lakritz.
Auch Sahne und viel Kinkerlitz.

Dies Gedicht muss nun zur Post.
Ein Bote steht bereit.
Nur so klappt es mit der Zeit,
dass alle Kinder ihre Gaben,
an Heiligabend endlich haben.

Es ist schon tiefe Nacht, o weh.
Da muss ich mich beeilen,
auch noch die Knallbonbons verteilen.

Nun wollen wir die Gläser leeren.
Euch und dem Fest zu ehren.
Lebt wohl ihr Kinder überall,
und bleibt lieb bis zum nächsten Mal.

Euer Weihnachtsmann

Bücher aus Königsborn